AF602252

18 Juin 91.

VENTE

En vertu d'ordonnance et à la requête de M. Imbert, Administrateur judiciaire

D'UN

MOBILIER ARTISTIQUE

Styles Japonais, Renaissance et Louis XV

CURIOSITÉS DE L'ORIENT

Bronzes d'Art, Céramique

ARGENTERIE

Bijoux et Diamants, etc.

EXPOSITION PUBLIQUE

Le Mercredi 17 Juin 1891, de 1 heure 1/2 à 5 heures 1/2

COMMISSAIRE-PRISEUR	EXPERT
Me BÉGUIN	M. B. LASQUIN
Rue Laferrière, 4	*Rue Laffitte, 12*

PARIS — 1891

IMPRIMERIE MAULDE ET RENOU

A. MAULDE & Cie

IMPRIMEURS DE LA COMPAGNIE DES COMMISSAIRES-PRISEURS

Rue de Rivoli, 144. — Paris

CATALOGUE

D'UN

MOBILIER ARTISTIQUE

DE DIVERS STYLES

Très beaux Meubles de style Japonais en bois sculpté et incrusté

SALLE A MANGER RENAISSANCE ET CHAMBRE A COUCHER LOUIS XV

En noyer sculpté

Meubles de fantaisie, Étagères, Glaces, Miroirs, Consoles, Bibliothèque, etc.

DEUX PIANOS DROITS D'ÉRARD

SIÈGES GARNIS D'ÉTOFFES BRODÉES

Belles Tentures en soie brodée de Chine, Revêtement de cheminée

Rideaux-Portières en soie brochée

DÉCORATION DE SALLE A MANGER EN ÉTOFFE PEINTE

Objets de curiosité de l'Orient, très beaux Bronzes japonais

Ivoires, Céramique

BRONZES D'ART, VITRAUX ARTISTIQUES

BELLE ARGENTERIE

Dont une riche Garniture de toilette style Louis XV

DIAMANTS ET BIJOUX

Linge, Garde-Robe de dame, Tapis d'appartement

LIVRES BIEN RELIÉS

DONT LA VENTE AURA LIEU

En vertu d'ordonnances de référé

Et à la requête de M. **IMBERT**, Administrateur judiciaire

HOTEL DROUOT — SALLE N° 2

Les Jeudi 18, Vendredi 19 et Samedi 20 Juin 1891

A DEUX HEURES

Par le ministère de **Me BÉGUIN**, Commissaire-Priseur,

rue Laferrière, 4

Assisté de **M. B. LASQUIN,** Expert, rue Laffitte, 12

CHEZ LESQUELS SE TROUVE LE PRÉSENT CATALOGUE

EXPOSITION PUBLIQUE

Le Mercredi 17 Juin 1891, de 1 heure 1/2 à 5 heures 1/2

CONDITIONS DE LA VENTE

Elle sera faite au comptant.

Les Acquéreurs paieront CINQ POUR CENT en sus du prix d'adjudication.

A. Maulde et Cie, imprimeurs de la Compagnie des Commissaires-Priseurs, rue de Rivoli, 144. 300—15656

DÉSIGNATION

DIAMANTS ET BIJOUX

1 — Collier en brillants montés sur or et argent.

2 — Broche fer à cheval montée de brillants.

3 — Broche fer à cheval ornée de brillants.

4-5 — Deux Broches barrettes en or et brillants.

6 — Broche mouche ornée de roses.

7 — Épingle de chapeau en or et rose.

8 — Deux Bracelets or et brillants.

9 — Bracelet or et brillants et pierres de couleur.

10 — Porte-Cartes avec garnitures d'argent et de roses.

11 — Porte-Cigarettes et Porte-Allumettes en or, garnis de roses.

12 — Broché en or formée d'une pièce de cent francs de Monaco.

13 — Face à Main en écaille ornée de roses.

14 — Manche d'Ombrelle avec boule en or, garnie de roses et de saphirs.

15 — Deux Épingles à cheveux, une Épingle à chapeau en or, une Petite Bague en or, ornée d'une rose.

ARGENTERIE

16 — Très riche Garniture de Toilette en argent repoussé à rocailles, composée de : deux Cuvettes et deux Brocs, deux Coupes, deux Boites à savons, six Flacons, deux Vaporisateurs, deux Boîtes à poudre, deux Pots à pommade, une Boîte à brosses, cinq Brosses dont trois à manche, un Miroir à main et sept petites pièces, Chausse-pied, Tire-boutons, Brosse, Peigne.

17 — Service à thé, composé d'un Plateau, une Theière, une Cafetière, un Pot à crème, un Sucrier et une Bouilloire en argent repoussé à ornements rocailles de style Louis XV.

18 — Deux jolies Corbeilles, forme contournée à quatre pieds et deux anses en argent repoussé et ciselé à branches de feuillages et rocailles, avec doubles fonds.

19 — Corbeille à pain, Pelle et Brosse à miettes, en argent, de travail analogue aux pièces précédentes.

20 — Réchaud rond sur quatre pieds élevés en argent ciselé de style Louis XV.

21 — Deux Légumiers ronds en argent repoussé et ciselé à cannelures en spirales, genre Louis XV.

22 — Un Plat ovale, un Grand Plat rond, un Plat rond moyen en argent à bordure ornée de feuillages.

23 — Quatre Petites Salières, deux Moutardiers en argent, genre Louis XV.

24 — Douze Coquetiers en argent repoussé.

25 — Deux Porte-Huiliers, genre Louis XV, en argent repoussé.

26 — Couverts de table, Cuillères à café, etc.

27 — Douze Couverts, douze Fourchettes.

28 — Vingt-quatre Couverts à entremets.

29 — Une Louche, une Truelle à poisson, une Fourchette, une Cuillère à sauce, deux à Compote, un Couvert à salade, cinq Pièces à hors-d'œuvre, une Pelle à glace.

30 — Vingt-quatre Couteaux à manche d'argent et lame d'acier.

31 — Douze Couteaux à dessert à lame d'argent et douze autres à lame d'acier.

32 — Douze Couteaux à glace à manche et lame d'argent.

33 — Deux Services à découper, un Manche à gigot à manche d'argent.

34 — Douze Fourchettes à fruits.

35 — Douze Fourchettes à dessert.

36 — Douze Fourchettes à huitres.

37 — Douze Fourchettes à escargots.

38 — Douze Cuillères à œufs.

39 — Vingt-quatre Cuillères à café.

40 — Douze Cuillères à fruits.

41 — Deux Pinces à sucre, une Pelle à glace, une à tarte, deux Pelles à fruits, une à sucre, deux à compote, cinq Pièces à hors-d'œuvre, Ciseaux à raisin, Casse-Noix et un grand Couteau.

42 — Ruolz.

ANTICHAMBRE

43 — Grand et beau Meuble de style japonais, formant armoire et chiffonnier, l'armoire surmontée d'un toit de pagode. Il est exécuté en bambou gravé avec panneaux en palissandre frisé, enrichis d'incrustations de burgau, de vases, de brûle-parfums et de corbeilles de fleurs en relief, exécutés en nacre, ivoire et laque d'or et garni d'ornements appliques en cuivre gravé doré.

44 — Table-Bureau, exécutée en bambou et palissandre.

45 — Porte-Parapluie, Porte-Manteau, de style chinois, en bois découpé et sculpté à jour, avec miroir.

46 — Deux Supports quadrangulaires en bambou, ornés de plaques en ancienne faïence orientale à motifs variés en bleu.

47-49 — Deux Fauteuils de formes diverses, en bambou, ornés de boules en couleurs et garnis de peau de panthère.

50 — Chaise en bambou foncé de canne, avec dossier orné d'une plaque de porcelaine de Chine, décorée d'un paysage.

51 — Petit Porte-Cannes en bambou.

52 — Lanterne chinoise en bois découpé, garnie de verres décorés, adaptée pour l'éclairage au gaz.

53 — Support-Trépied exécuté en bambou.

54 — Miroir à cadre de bambou.

55 — Deux Appliques à gaz en forme de chimères, en bois noir sculpté.

56 — Dessus de Portes en bois sculpté à têtes de chimères.

57 — Deux grands Masques japonais en bois sculpté.

58 — Trois Panneaux de portes ornés de plaques de porcelaine de Chine à paysages et arabesques appliquées sur fond de natte et encadrés de bambou.

59 — Quatre Panneaux de portes de même genre, ceux-ci en broderies de Chine.

60 — Une grande Galerie et deux autres plus petites, en forme de toits en bambou et natte, formant dessus de porte.

61 — Paire de Cornes de buffle.

62 — Jardinière formée d'une carapace de tortue.

63 — Grand Vase cylindrique en porcelaine de Chine, fond turquoise à réserves de fleurs, sur pied en bois.

64 — Deux Vases à col évasé en porcelaine du Japon laquée à fond noir et rouge, à paysages, oiseaux et poissons.

65 — Grand Vase balustre en porcelaine de Chine, décoré en émaux de couleurs de nombreuses figures et cavaliers.

66 — Plats et Assiettes en porcelaine ancienne et moderne du Japon.

67 — Deux belles Portières chinoises en satin ponceau, bleu et jaune impérial, ornées de broderies de soie de couleur et or à fleurs, arabesques et dragons.

68 — Autre Portière de même travail.

69 — Deux Portières chinoises, en satin rose, entièrement brodées, à figures, paysages et chimères en soie blanche.

70 — Pente en soie de Chine marron, brodée en soie de couleurs et or.

71 — Groupe en bronze : Deux Pigeons s'aimaient d'amour tendre, d'après P. COMOLERA.

72 — Statuette de Joueur de Bignou, en bois sculpté, par LAUGÉ.

SALLE A MANGER

73 — Bel Ameublement de salle à manger en noyer sculpté, à ogives, colonnettes, bustes, trilobes et draperies pliées, garnis de ferrures de style, composé d'un grand Buffet à deux corps, deux Crédences, Dressoirs, une Table et huit Chaises garnies de cuir gaufré et décoré en couleur.

74 — Suspension avec lampe et douze porte-bougies en bronze genre Renaissance, à fleurons et chimères.

75 — Support genre japonais en bois incrusté de cuivre, de deux cabochons formés de coupes gravées et de quatre plaques d'ancienne faïence orientale.

76 — Deux grands Chenets à boules et un écran, genre Renaissance en cuivre, à ornements ajourés.

77 — Petite Table-Servante à tablette d'entre-jambe et dessus en marqueterie représentant une vieille femme et deux chats, exécutée par Gallé, de Nancy.

78 Une Portière double, deux Portières simples, garniture de baie et de cheminée et un tapis de table en velours grenat et galons en passementerie.

79 — Tenture murale en étoffe peinte par J. Stauffacher, à l'imitation d'ancienne tapisserie à sujets champêtres flamands.

80 — Jardinière ronde en bois gravé, de style chinois et ornée de vases appliques et de plaques en émail cloisonné de Chine sur son support carré de même travail.

81 — Cartel et Baromètre en bois sculpté, de style gothique.

82 — Jardinière ronde en bronze du Japon, décorée de cinq zones d'ornements gravés en relief et reposant sur trois pieds, têtes chimériques. Belle patine.

83 — Petit Gong, forme cloche, en ancien bronze du Japon, supporté par une chimère en bois sculpté de style.

84 — Deux Statuettes hindoues, en bronze, divinités debout sur des piédestaux de forme ronde, ornées de feuillages et d'une bordure de mascarons.

85 — Petite Pagode chinoise, en cuivre gravé et doré, en partie ornée de clochettes.

86 — Deux Vases à panse lenticulaire en bronze japonais gravé, à arbustes, fleurs et arabesques or et argent.

87 — Deux Jardinières carrées sur leurs supports en faïence marbrée.

88-90 — Neuf Vases, Aiguières, Cafetières et Braseros en cuivre rouge repoussé, de travail italien.

91 — Deux Plats en étain gravé.

92 — Cage hollandaise, en cuivre jaune repoussé.

93 — Riche Service en porcelaine blanche à ornements dorés

94 — Service de table en cristal taillé.

SALON

95 — Charmant petit Meuble-Étagère de style japonais, affectant la forme d'une lyre posée sur socle à gorge et une table support, en bois découpé, mouluré et incrusté de fins ornements en nacre, ivoire et laque.

96 — Petit Meuble-Étagère de travail analogue au précédent, celui-ci est orné de deux bas-reliefs à figures sur une partie bombée ouvrant à deux portes et est surmonté d'un dragon en bronze doré.

97 — Petit Meuble-Étagère en bois sulpté, surmonté d'un dragon en bronze doré; il repose sur une petite armoire dont la porte est en incrustatation de burgau, à fleurs, papillons et oiseaux.

98 — Meuble-Étagère de style chinois, en bois gravé et incrusté de burgau et d'ivoire; le bas-œuvre a deux portes, le haut renferme quatre tablettes rompues supportées par des consoles ajourées et il est surmonté par un grand dragon en bois sculpté dont le corps contourne le côté gauche supérieur.

99 — Table riche de style chinois, en bois sculpté et ajouré, avec entre-jambe et dessin en incrustation de burgau.

100 — Ecran à feuille en broderie de soie de Chine dans une monture en bois richement incrusté de Burgau.

101 — Paravent triptyque en soie brodée du Japon

102 — Ameublement de style Louis XV, en bois sculpté et garni de reps et satin, à fleurs et figures : Composé d'un Canapé, deux Fauteuils et deux Chaises.

103 — Piano droit en palissandre de la *Maison Érard.*

104 — Support formé d'un lion debout, présentant deux plateaux, bois sculpté.

105 — Support formé d'un dragon tenant deux plateaux en bois scupté.

106 — Support à trois plateaux, en forme de tronc rustique, sur lequel est grimpé un singe, bois sculpté.

107 — Fauteuil genre chinois en bois noir sculpté ; bras terminés par des têtes chimériques et à dossier surmonté d'un dragon. Garniture en broderie de soie de couleurs, fleurs et oiseaux.

108 — Deux Chaises de travail analogue.

109 — Chaise légère, genre chinois, à dossier ajouré, orné de deux petits masques dorés.

110 — Tabouret, forme d'un éléphant, en bois sculpté, avec garniture de soie chinoise.

111 — Support-Trépied, en bois sculpté, terminé par un dragon à la gueule duquel est appendue une jardinière en bronze du Japon.

112 — Tabouret de piano dont le pied est formé d'une racine et autour duquel est enroulé un dragon, garniture en broderie chinoise.

113 — Support-Fût de colonne en bambou, décoré d'arbustes.

114 — Support-Fût de colonne en bois noir.

115 — Petite Pagode en bois laqué rouge, avec parties sculptées et dorées; elle contient une divinité.

116 — Miroir en forme de croissant entouré de branchages et supportant une figurine d'amour.

117 — Miroir biseauté, contourné par un grand dragon en bois noir sculpté.

118 — Deux Étagères d'applique dont le plateau est supporté par une figure japonaise.

119 — Deux Vases-Bouteilles en émail cloisonné de la Chine, d'une belle qualité, décorés de vases, ustensiles et arabesques en couleurs sur fond turquoise.

120 — Deux petits Vases ovoïdes japonais, en émail cloisonné, translucide, d'une extrême finesse, décorés de papillons sur fond rouge.

121 — Brasero à couvercle en émail cloisonné de Chine, à fleurs et fruits, supporté par trois pieds, têtes d'éléphants en bronze doré. Pièce d'une forme rare.

122 — Deux Lampes formées de vases en émail cloisonné du Japon avec montures de style en bronze.

123 — Deux Petits Vases bouteilles, en émail cloisonné de Chine, fond bleu turquoise.

124 — Statuette en bronze, d'après Hudelet : Jeune Garçon accroupi jouant aux dés.

125 — Statuette de danseur breton, bronze d'après Ch. Le Bourg.

126 — Petite Jardinière oblongue en bronze du Japon, offrant au pourtour des plantes et des oiseaux aquatiques, très finement ciselés en relief, rehaussés d'or et d'argent.

129 — Chimère assise, ancien bronze du Japon, sur socle en bois.

128 — Théière en bronze ornée de poissons en relief et deux Flacons à long col en bronze du Japon.

127 — Deux Vases en bronze du Japon à trois ailerons reliés au corps central, ornés de plantes et de fleurs en relief, très finement exécutés.

130 — Brûle-Parfums en bronze du Japon, formé d'un animal chimérique.

131 — Brûle-Parfums de forme hexagonale élevée sur un pied balustre et surmonté d'un couvercle, ancien bronze du Japon.

132 — Petit Brasero oblong, en bronze du Japon niellé d'or et d'argent, couvercle ajouré à fruits et branchages.

133 — Deux Vases-Balustres en bronze du Japon, finement niellés d'or et d'argent.

134 — Groupe en ancien bronze du Japon : Paons sur un rocher.

135 — Poussah assis et Brûle-Parfums, formé d'un éléphant en bronze du Japon.

136 — Garniture de Cheminée et deux Lambrequins en soie rose de Chine, brodée en couleurs.

137 — Nombreux Coussins garnis d'étoffes, diverses soieries et broderies.

138 — Grosse Potiche à couvercle en porcelaine du Japon à décor bleu.

139 — Grosse Potiche en porcelaine de Chine, fond jaune, décor de figures en bleu.

140 — Très riche Garniture composée de trois Coupes dont deux en forme de gongs et l'autre en forme de sac sphérique, toutes trois supportées par une figure d'athlète japonais, en bronze patiné à deux tons et incrusté d'ornements d'or, très finement exécutés. Ils reposent sur des socles en bois de fer laqué d'or.

141 — Groupe en bronze japonais, très finement ciselé, patiné à deux tons et doré en partie, représentant un Personnage allégorique dans l'attitude de la course, monté sur un poisson chimérique.

142 — Deux Chenets d'un joli modèle Louis XVI à vase en marbre griotte à guirlandes s'élevant au milieu de deux rinceaux de feuillages en bronze doré.

143-144 — Lustre à dix-huit lumières et deux Appliques, de style Louis XVI, à cinq lumières, supportées par une Syrène reliée à un flambeau et soutenue par des chaînes de fleurs avec couronnes de roses.

145 — Support formé d'une colonnette en marbre griotte avec base, anneau et chapiteau en bronze.

146 — Groupe en bronze, d'après E. Houssin : Esmeralda.

147 — Deux grands Candélabres à huit lumières en bronze patiné à ornements de goût oriental.

148 — Statuette de Salomé, d'après A. Gaudet, bronze décoré en couleur.

149 — Trois petits Groupes en bronze, Cavaliers, Amazone et Curé de campagne.

150 — Trois Divinités hindoues en bronze.

151 — Deux petits Vases balustres à anses rattachées au col, en bronze du Japon, gravé.

152 — Vase indien à piédouche en cuivre repercé et une Buire persane en cuivre gravé.

153-154 — Deux paires de beaux Vases en poterie japonaise, à riches décors de figures et de fleurs rehaussés d'or.

155 — Deux Vases à panse lenticulaire aplatie, en porcelaine de Chine, émaillée à décors de dragons et fleurs sur fond turquoise.

156 — Deux grands Vases balustres, carrés, en porcelaine de Chine, fond verdâtre craquelé à fleurs en camaïeu.

157 — Deux Garnitures de fenêtre et Tenture murale en reps de soie broché, fond vert avec garnitures de passementeries assorties.

158 — Très beau Dessus de Piano en satin rose de la Chine, richement brodé à dragons, fleurs et oiseaux.

159 — Tapis de Table portugais en soie jaune brodée en couleurs.

160 — Nombreux Objets d'étagère, Figurines et Groupes en ivoire, petits Vases en poterie du Japon, en bronze et en émail cloisonné.

CHAMBRE A COUCHER

161 — Très joli Ameublement de style Louis XV, en noyer sculpté, à rocailles et fleurs, composé d'un grand Lit de milieu, une Armoire à glace et deux Tables de nuit.

162 — Marquise et deux Chaises en noyer sculpté, de même style que l'ameublement, garnitures en soie brochée à fleurs à fond rose.

163 — Riche Tenture en soie rose brochée à fleurs et unie, comprenant : une Garniture de lit, une Garniture de fenêtre avec galerie, deux Portières, un Revêtement de cheminée, un Encadrement de glace et la Tenture murale.

164 — Couvre-Lit en ancienne broderie de soie de couleur, réappliqué sur fond crème.

165 — Très riche Meuble-Étagère avec parties à portes et tiroirs en bois de fer, entièrement couvert d'incrustations et d'ornements appliqués, exécutés en burgau et en ivoire, bouquets de fleurs, oiseaux, jeux d'enfants, etc.

166 — Statuette en bronze, de Math. Moreau : Glaneuse.

167 — Deux Candélabres à sept branches porte-lumières, montés sur des vases en bronze ornés de figures d'amours et de guirlandes.

168 — Deux Coupes en forme de nids d'oiseaux, en bronze, socles en marbre.

169 — Deux jolies Statuettes d'enfants assis et sonnant de la trompette, en bronze du Japon, à plusieurs patines et rehaussés d'or, socles en bois laqué.

170 — Deux Vases-Bouteilles en bronze du Japon, gravé doré en partie.

171 — Deux tres petits Vases balustres en bronze du Japon à dragons en relief et dorés.

172 — Deux grands Vases en émail cloisonné du Japon, à médaillon de figures, réserves dans des ornements en couleurs.

173 — Garniture de foyer : deux Chenets à figures d'amours et un Écran en bronze.

174 — Petite Table à ouvrage, forme Louis XV, entièrement garnie de peluche et de broderies de soie, avec chutes et sabots en bronze.

175 — Petite Étagère, genre chinois, garnie de soie et de broderies.

176 — Vitrine à deux corps, le haut vitré ouvrant à deux portes, le bas à étagère en bois gravé et sculpté, de style chinois, ornée de lézards en bronze sur les montants et surmontée d'un dragon.

177 — Petite Étagère d'applique, de style chinois, en bambou et bois laqué noir, avec parties fermées, ornée d'incrustations de nacre et d'ivoire et de laque d'or.

178 — Petite Étagère d'applique à trois tablettes, en bois sculpté incrusté et laque, de style chinois.

179 — Petite Table de style chinois, ornée d'incrustations de burgau, pieds à contours, avec tablette d'entre-jambes découpée à jour et également incrustée.

180-181 — Deux petits Paravents en étoffe de soie, l'un à quatre feuilles, l'autre à trois feuilles.
Deux Carpettes orientales.

182 — Deux grands Vases en porcelaine de Chine, fond vert d'eau, à ornements en relief.

183 — Vase balustre en porcelaine de Chine, fond jaune, décor d'arbustes et fleurs en noir et émail blanc.

184 — Vase balustre en porcelaine de Chine, fond gros bleu, décor de dragon et de fleurs.

185 — Deux Vases bouteilles en poterie du Japon, à décor de figures en rouge de fer et or.

186 — Divinité et deux Chimères en blanc de Chine.

187 — Diverses Pièces en poterie de Chine et du Japon, Potiches, Brocs, Flacons, Écrans, Tasses, Soucoupes, etc.

188 — Deux Vases balustres en émail cloisonné de Chine, à fleurs en couleurs sur fond noir.

189 — Deux jolies Lampes formées de Vases balustres, à côtes en émail cloisonné très fin, décors d'arbustes en fleurs sur fond turquoise, montures en bronze doré de style chinois.

190 — Paire de grands Vases balustres en porcelaine du Japon, à décor bleu à paysages.

191 — Deux paires de Vases en cuivre émaillé fond bleu tendre, décorés de fleurs en couleurs.

192 — Lustre-Veilleuse avec six branches porte-bougies en bronze nickelé de style Renaissance.

193 — Deux Vases à panse sphérique, en bronze du Japon, gravés en relief.

194 — Brasero hexagone, à trois pieds, en bronze du Japon, à ornements en relief, couvercle surmonté d'une chimère.

195 — Deux petits Vases bursaires en bronze du Japon, finement gravés et incrustés d'or.

196 — Deux petites Coupes rondes en bronze du Japon à patine brune, ornées de Phong-Hoangs et de dragons gravés.

197 — Divers Objets d'étagère en porcelaine et faïence : Figurines, Boites, Vases, Ustensiles, etc.

198 — **LIVRES** bien reliés, Romans modernes, Jules Verne, Guizot, Histoire de France, Littérature, etc.

CABINET DE TOILETTE

199 — Grande Toilette en bois teint en palissandre, avec panneaux garnis de broderies d'or sur fond rose, dessus de marbre à étagères.

200 — Petit Meuble à étagère de style oriental, en bois laqué en couleurs et rehaussé de dorure.

201 — Table-Bureau de style chinois, en bois gravé et incrusté de burgau ; ceinture à deux tiroirs.

202 — Garniture de bureau en maroquinerie fine, comprenant : Papeterie, Encrier, Plumier, Calendrier, etc.

203 — Miroir à encadrement de style chinois, en bois découpé à jour, orné d'appliques et de dragons en bronze.

204 — Miroir de forme ovale à bordure en bois sculpté, incrustée d'ivoire et encadré à sa partie supérieure par une figure souriante.

205 — Petite Table de fantaisie, genre chinois, en bois découpé.

206-208 — Trois Glaces de formes variées à encadrements en bambou ornés de cabochons en cristal de couleur.

209 — Guéridon annamite, de forme ronde, avec bord retombant en lambrequins et pied à dauphins et chimères, en bois sculpté et ajouré.

210 — Lanterne de style chinois, de forme hexagonale, en bois découpé et cuivre repoussé; elle est soutenue par une figure de singe suspendue à un trapèze.

211 — Deux Lanternes turques en forme de cônes hexagones; l'une en bois incrusté de nacre, l'autre en cuivre émaillé, avec leurs potences imitant le bambou.

212 — Deux Étagères-Appliques turques, en bois noir incrusté de nacre.

213 — Buste d'almée en bronze patiné, à différents tons et rehaussé de dorure, d'après Z. Runbez, sur socle en bronze doré et niellé.

214 — Deux Vases de forme orientale, sur socles en bronze, formant garniture avec le buste qui précède.

215 — Deux Figurines de duellistes en bronze argenté.

216 — Statuette de Charmeuse de serpents en bronze patine rouge, d'après Arthur Bourgeois.

217 — Statuette en marbre blanc, par Auguste Moreau : l'Amour lançant une flèche.

218 — Deux Statuettes japonaises supportant chacune un vase en bronze, à patine brune.

219 — Groupe en bronze japonais : Femme portant un enfant.

220 — Figure dressant un singe, bronze japonais rehaussé d'or, sur socle en bois laqué.

221 — Deux Flacons à long col, en bronze du Japon, à patine marbrée.

222 — Rat en bronze japonais.

223 — Divers Objets : Coupes indiennes, Figurines en bronze et en cuivre.

224 — Brûle-Parfums formé d'un poussah assis sur un lapin, bronze japonais.

225 — Flambeau à deux branches soutenues par un singe debout.

226 — Grande Aiguière indienne en cuivre gravé.

227 — Boîte ronde en émail cloisonné de Chine.

228 — Boîte oblongue et un Plateau en bois incrusté de nacre, de travail tonkinois.

229 — Grand Coffret carré en laque d'or, à feuillages sur fond noir.

230 — Coffret carré en laque d'or, à fond aventuriné.

231 — Grande Carapace de tortue formant panoplie, avec deux armes chinoises.

232 — Deux grandes Cornes de buffles.

233 — Masques japonais.

234 — Tam-Tam et Gongs.

235 — Instruments de musique.

236 — Vide-Poches et Ornements en soie.

237 — Deux Bras-Appliques à trois lumières (au gaz), en bronze argenté, genre Renaissance.

238 — Garniture de foyer en bronze, genre chinois, comprenant : une Galerie, un Écran, Portoir, Pelle, Pincettes, etc.

239 — Tenture murale en soie brochée bleu clair.

240 — Garniture de fenêtre composée : de deux Pentes orientales en broderie dorée et d'un Bandeau.

241 — Parement de Cheminée et Encadrement de glace en soie rose brodée or, argent et turquoises et garnis de draperies en broderie orientale.

242 — Deux Portières en satinette orientale à dessins liserés de fil métallique.

243 — Chaise longue et deux Fauteuils, Coussins en satiné rose avec broderies dorées.

244 — Chaise en bambou formée de canne dorée.

PETIT CABINET DE TOILETTE

245 — Petite Lampe de suspension à six branches, porte-bougies en émail cloisonné et cristal bleu.

246 — Trois Portières, deux Rideaux de fenêtre en Algérienne.

247 — Ameublement en osier teint, Chaise longue, Chaise, trois Étagères.

248 — Vase rouleau en Chine à fond jaune, décors de fleurs en couleurs.

2° CHAMBRE A COUCHER

249 — Ameublement en bambou et nattes de goût japonais, composé : d'un Lit, une Armoire à glace et une Table de nuit.

250 — Ciel de Lit d'encoignure en forme de toit, exécuté en bambou et garni d'une tenture de satin rose clair brodé de soie, à fleurs et oiseaux.

251 — Piano droit d'*Erard*, en bois noir.

252 — Pendule de goût chinois, en bois sculpté surmontée d'un fronton, orné d'un masque et montée sur un support à quatre têtes d'éléphants, avec ceinture garnie d'un petit motif de bronze doré. Socle garnie d'étoffe.

253 — Petit Écran chinois, en bois découpé et sculpté avec feuille brodée, représentant deux figures.

254 — Support - Étagère de forme carrée, de style chinois.

255 — Deux petites Étagères d'applique, de style chinois, en bois découpé.

256 — Miroir en forme de croissant, contourné par une chimère en bois sculpté.

257 — Miroir de forme contournée, surmonté d'un animal chimérique en bois sculpté.

258 — Petite Lanterne et sa potence en bois découpé, de style chinois.

259 — Petit Meuble-Secrétaire monté sur quatre pieds contournés en bois laqué du Japon.

260 — Petite Étagère en bambou et une autre Étagère, genre chinois, garnie d'étoffe bleue.

261 — Table entièrement garnie de peluche, dessus en broderie chinoise à fleurs sur satin bleu.

262 — Fauteuil-Gondole, garni de satin de Chine bleu brodé, à fleurs en couleurs, avec torsade en peluche verte.

263 — Chaise-Coussin, garnie de broderie de soie de Chine à dragons et flammes sur fond bleu.

264 — Chaise en bambou et bois laqué, formé de canne dorée.

265 — Tabouret de piano en bambou.

266 — Deux Vases à panse sphérique et long col droit, en bronze du Japon gravé en relief, à lambrequins et plusieurs zones d'ornements.

267 — Deux petits Vases et diverses petites Pièces en bronze du Japon.

268 — Deux Statuettes d'acteurs supportant un vase à bout de bras, en bronze du Japon, à patine brune.

269 — Support d'applique formé par un dragon renversé, en bois noir sculpté.

270-272 — Trois paires de grands Vases, de formes variées, en poterie japonaise, décorés de fleurs et d'oiseaux avec rehauts d'or.

273 — Girandole à trois lumières, en bronze doré, montée sur une potiche en ancienne porcelaine de Chine, à décor de figures.

274 — Lampe formée d'un vase bouteille en porcelaine décorée du Japon, avec monture en bronze doré, de style chinois.

275 — Divers Objets d'étagère de Chine et du Japon : Pitongs en bambou sculpté, Groupes en pierre de lard, Figurines, etc.

276 — Encrier en marbre rouge, avec figurine d'enfant au nid, en bronze patiné et Presse-Papier : Amour sur un escargot.

277 — Garniture de bureau, en maroquinerie artistique.

278 — Garniture de fenêtre en broderie de soie de couleurs sur fond paille, à fleurs, arbustes et oiseaux aquatiques.

279 — Portière en soie bleu clair, brodée en soie de couleurs, faisans et arbustes en fleurs.

280 — Parement de cheminée et Encadrement de glace, de même travail.

281 — Galerie de foyer, modèle Louis XV, en bronze, à figurines d'enfant sur des rinceaux, Écran, Pelle et Pincettes.

282 — Lampe-Veilleuse avec trois porte-bougies en bronze, montée sur une sphère en cuivre émaillé du Japon.

283 — Porte-Musique, Chevalet garni de peluche et de broderie.

284 — Petit Écran à deux feuilles, en soie brochée à fleurs.

285 — Tapis en moquette rouge, à fleurons en camaïeu, garnissant tout l'appartement (six pièces et l'antichambre).

286 — Literie.

287 — Belle Garde-Robe de dame.

www.ingramcontent.com/pod-product-compliance
Ingram Content Group UK Ltd.
Pitfield, Milton Keynes, MK11 3LW, UK
UKHW020521180726
13839UKWH00005B/2221